Felix Mendelssohn Bartholdy

Loreley: Finale des ersten Aufzuges

Antigonos

Felix Mendelssohn Bartholdy

Loreley: Finale des ersten Aufzuges

Unveränderter Nachdruck der Originalausgabe von 1871.

1. Auflage 2024 | ISBN: 978-3-38631-963-8

Antigonos Verlag ist ein Imprint der Outlook Verlagsgesellschaft mbH.

Verlag: Outlook Verlag GmbH, Zeilweg 44, 60439 Frankfurt, Deutschland, info@outlook-verlag.de
Vertretungsberechtigt: E. Roepke, Zeilweg 44, 60439 Frankfurt, Deutschland
Druck: Libri Plureos GmbH, Friedensallee 273, 22763 Hamburg, Deutschland

Loreley.

Finale des ersten Aufzuges.

Text von Emanuel Geibel.

Musik

von

Felix Mendelssohn-Bartholdy.

München, 1871.

Kgl. Hofbuchdruckerei von Dr. C. Wolf & Sohn.

(Leonore, Pflegekind eines Schiffers zu Bacharach am Rheine,
ist auserkoren, an der Spitze ihrer Gespielinnen bei der
Vermählung des Pfalzgrafen vom Rhein das fürstliche
Paar zu beglückwünschen. Sie erkennt im Pfalzgrafen
ihren eigenen Geliebten, der ihr früher immer nur als
Jäger verkleidet genaht war, und sieht sich von ihm be=
trogen. Verzweifelt und um Rache schreiend irrt sie in
der Nacht am Ufer des Rheins umher, wo sie von Luft=
und Wassergeistern belauscht wird, welche ihr, um den
Preis, sich ihnen für immerdar zu weihen, Rache geloben.
Dieser Moment bildet den Inhalt des vorliegenden Finales.)

Finale.

1. Scene.

Luftgeister. Wassernixen.

Luftgeister.

Woher, woher, am dunkeln Rhein?
Vom Drachenfels, vom Wolkenstein!
Und Ihr, woher?

           Vom Bodensee,
Wir sind noch kühl vom Gletscherschnee!
Wollen uns wärmen
In lustigen Schwärmen

Im flüchtigen Lauf;
Die dort unten wecken wir auf.
Rheingeschlecht! Herauf! Herauf!

Wassernixen.
In des Stromes Felsennischen
Ruhn wir an krystallnen Tischen.

Luftgeister.
Auf und laßt den Strudel zischen!

Wassernixen.
Hin der Abend, hin sein Frieden,
Fels muß donnern, Fluth muß sieden!

Luftgeister.
Rheingeschlecht! Herauf! Herauf!

Allgemeiner Chor.
Auf feuchten Flügeln ziehen wir daher,
Brausen auf, brausen ab über Land und Meer,
Da reißen die Segel, die Eichen zerschell'n,
Denn der Wind und der Sturm sind wilde Gesell'n.

In Stromes Tiefen, in funkelnder Pracht,
Bei dem blutigen Hort wir halten die Wacht,
Wir locken den Schiffer mit Saitenspiel
Und ziehn in den Wirbel den berstenden Kiel!

Doch bei Nacht, doch bei Nacht, ohne Mond, ohne
Stern
Da führen mitsammen den Reigen wir gern.
Wie sausen die Lüfte, wie sprudelt der Gischt,
Wenn Wolk' und Wind und Welle sich mischt! —

Horch! Wer naht? — Ein Menschenbild,
Dem vom Aug' die Thräne quillt!

2. Scene.

Vorige. Leonore.

Leonore.

Weh! Betrogen! Unerhört betrogen!
Von den Gipfeln des Lebens hinabgeschleudert in
den Abgrund!

Und das der Preis der Liebe?
Das der Treue Lohn?
O wer schafft Rache?
Wer schafft Vergeltung meiner Qual?

Chor.

Wer schafft Rache?
Wer schafft Vergeltung?

Leonore.

Wo ist die Gerechtigkeit droben,
Von der sie sagen,
Daß sie mit eherner Wage wäge die Schuld?
Ich hab' ihr Wandeln nicht vernommen,
Noch ihre Blitze gesehn über dem schuldigen Haupt!

Chor.

Wo ist die Gerechtigkeit droben?

Leonore.

So ruf' ich euch, ihr Kräfte der Tiefe,
Euch, ihr düstern Gewalten
In Fels und Wasser, in Luft und Wind!
Steiget empor!
Höret mich! Helft mir!

Chor.

Du hast gerufen;
Wir kommen, wir kommen
Aus Fels und Wasser, aus Luft und Wind.
Rede, rede!
Was ist dein Begehr?

Leonore.

Vergeltung! Rache!
Für meine Liebe hat er mich zertreten,
Weil ich ihm Alles gab, däucht' ich ihm Nichts!
Rache an ihm, an seinem Geschlecht!
Mögen sie fühlen den Hohn der Liebe,
Der Sehnsucht Feuer,
Die Qual des Herzens, das sich verzehrt!

Chor.

Rache, Rache schaffen wir dir!

Leonore.

Gebt mir Schönheit, Männer verblendende!
Gebt mir die Stimme, süß zum Verderben!
Gebt mir tödtliche Liebesgewalt!

Chor.

Schönheit, Liebesgewalt sollst du empfangen,
Rache schaffen wir dir!

Leonore.

Wohlauf denn, ihr furchtbaren Rufer,
Nennt den Preis mir des dunkeln Werkes,
Fordert, begehrt!
Was ich bin, was ich habe,
Ich bring' es euch dar!

Chor.

Sollst dein Herz zum Lohn uns geben,
Sollst uns opfern deine Liebe.

Leonore.

Soll euch opfern meine Liebe! —

Chor.

Braut des Rheines sollst du werden,
Braut des Rheins im Felsenschloß.

Leonore.

Es sei, es sei!
Wie ich den Schleier hier zerreiße,
So sei zerrissen meine Liebe,
Flattre sie hin in die Lüfte,
Dem Wind, dem Sturme vermach' ich sie.
Mein Herz versteine wie dieser Felsen,
Fühllos starrend!
Dir, o Strom, verlob' ich mich an.
Wenn sich das Werk der Rache vollendet,
Bin ich dein, und gehör' ich dir an.

Chor.

Wie du den Schleier hier zerrissen,
So sei zerrissen deine Liebe,
Flattre sie hin in die Lüfte.

Leonore.

Nimm hin zum Pfande,
Nimm hin den Brautring!
Dir, o Strom, brausender, kalter,
Zum Preis der Vergeltung verlob' ich mich an! —
Wenn sich das Werk der Rache vollendet,
Bin ich dein, und gehör' ich dir an!

Chor.

Heil, Heil der mächtigen Sterblichen!
Heil, Heil der Schönheit verderblichen!
Rache, Rache geloben wir dir.

Leonore.

Rache, Rache gelobet ihr mir!

———